用九柑仔店

⑤
成爲相互照耀的暖陽

阮光民

雜細
胭脂
西藥金
什貨
什冊

第一話。**一如往常**

告別，是一天、一天逐漸的……

阿德,
你固定
好了沒?

好了!
好了!

好!
阿勇!
班師
回朝囉!

別說做兄弟的不挺你，這台冰箱算我的！

阿勇說會請三朵花登台免費唱一個禮拜！

啊不就金甘蝦。

水昆說晚上去茶室鬆一下。

聽他在唬爛！最有色無膽的就是他。

他老婆一吼，就算他人在五公里外也會立刻爬回來。

哈！

※ 姦橋：閩南語，以粗俗的話語怒罵他人，常俗寫作「幹譙」。

※ 金甘蝦：閩南語「真感謝」之諧音。

吉時快到了！
準備揭幕。
五、四、三、
二⋯⋯

廟公說，
阿公交代如果有萬一，
遺照他要用這張。

他出發去旅行前
在店門口拍的。

一切從簡，鮮花、
輓聯、白包都不要，
別把店弄得讓人不敢
接近。

還有，一切照常，
你阿媽說的，
人還在世的一天，
就少不了柴米油鹽。

別太難過。
一直哭，
我反而行不開腳。

阿德，
乾杯喔。

你要不要
去睡一下？
白天我來顧。

我還好，
不會累。

過身的就過身
了，還在的要
顧好自己。

我們都還
有明天要
過……

明天……

昨晚阿公電話裡說，明天就回來了……

他說在阿媽娘家住一晚就回來……

我不會說我了解你的心情。

俊龍……

這把年紀，也參加過不少喪禮。

我一直是獨身一人。

24

就算這樣，我也不敢說我懂失去親人的難過。

不過，我認識他七十幾年了，我了解他。

他現在的表情跟照片上一樣。

很心安，沒遺憾。

可能，他現在就坐在那裡。

讓人無法完整的解釋自己的天賦。

老天在造人時都會故意抽掉一種天賦吧？

所以祂才能安插兄弟姊妹跟朋友在人的生命裡。

男人的基因裡有一組是顧面子的。

阿媽原是地主的女兒，儘管父母反對，卻硬是要嫁給阿公這個叫賣雜貨的魯蛇還張羅開了用九。這跟阿公說的版本完全不同。

藉由他們口中，一個人才會厚實、完整。即使不在人世，依然可以被立體地形容。

28

……

你還好嗎？

不怎麼好。

我變成孤兒了。

阿公，坐穩了嗎？

那出發囉。

好。

好了。

阿公，今天天氣好好喔！

不然今天別回診了！

我們騎去日月潭玩！

※毋通：閩南語，語氣較委婉的表達不可以、不要。

毋通啦！醫生會等耶。

店也不能不顧啊！

我當你孫子很辛苦耶！小學還有現在都在幫你顧店，都沒出去玩。

嘖！我又沒綁住你，你可以再去台北啊！

哈！你說的喔——

37

有什麼需要幫忙的，儘管跟我說。

碗粿姨妳不用擔心，我很好。

今晚特別多人來買東西。

妳不用去夜市？

那個，俊龍⋯⋯

我忘記備料了，乾脆休息。

吃泡麵好嗎？

喔⋯⋯

東西太多了，兩金去把八仙桌扛出來！

我來幫你！

謝謝吉誠叔。

把我那一瓶89年陳年維士比拿出來開！

哭枵，維士比還有陳年的喔！過期了吧！

哎呀！廟公你又偷吃！

被你看到就不算偷啦——

好像有道理……

阿公，你換好沒？

合身嗎？

很合身啦——

※飄撇：閩南語，瀟灑、帥氣之意。

哈！我穿這樣出門真的妥當嗎？

很好看啊！多飄撇啊！

唉喲！我還是換回來好了。

穿著啦！這是我買給你的把妹戰袍耶！

你看廟公穿得那麼招搖，不能輸他。

領口豎高一點更帥。

藥和手機行充都放夾鏈袋了。

再轉過來一點，要拍囉……

阿公，看這邊。

藥已幫你分好，你要按時吃。

知啦，當我是囝仔喔，我是你阿公耶。

阿公……

雖然已經過了
一百天，
我還是有想
哭的感覺……

你應該能體會也會諒解。

因為對於還在世的人來說，

告別是一天、一天逐漸的。

第二話。

家與人

漂浪無根的浮萍，或許是把家落在心上。

恩沛，你清楚我在董事會裡一向是中立的。

我聽到風聲，你為了工人要向集團提出訴訟。

我是勸你打消念頭，我們大家私下來商量。

就算不顧企業形象，也念在老董在你落魄時挺你，還收你當義子。

臭頭仔也是親生的，兒子做了錯誤的決定，在檯面上還是要支持他。

依我看，老董會想辦法彌補那些工人。

都是一家人，沒必要為了外人反目成仇。

一壺茶很難倒滿所有杯子。

壺裡擺明有茶，

但新任執行長似乎不想理會這些空杯子。

我沒有要求公司倒滿所有杯子。

我隨時可以打消念頭。

只要公司有人出面處理，讓工人們拿到他們原本該有的。

是我茶泡得太澀了，潤了喉你還是把話說得那麼硬。

抱歉，品茶的功夫我始終學不好，以至於始終無法融入董事會的大老們。

恩沛，走出門就沒得談。

我希望你有足夠的資金跟時間可以耗。

剛好這些是財團擁有最多的。

有機會換我泡咖啡，你們可以一起來。

……

再說……
是你選擇
手骨往外彎的。
之後別怨家人
無情，有家
歸不得！

我不是第一次
沒有家。

這倒是不用
你們擔憂。

嘍！

看來他們已經有所準備了。

良知像打火機的火光，無法照亮整幕的漆黑。

正道倘若不好走，

我不介意走暗巷。

我來扛吧，你幫我扶推車。

教會資源回收站

壞掉的冰箱，回收賣掉才三到六百。

是喔，我以為冰箱很重，會比較值錢。

房間裡放個冰箱好奇特。

那張床也是用廢棄書架組裝的。

小孩要放衣服或書包都可以。

當儲物櫃防潮、防蟲。

很耐用，昭君小時候逃家就睡這。

神父好會喔──

你應該也知道她的母親跟繼父怎麼對她。

她小時候常蹺家嗎？

不過，也撐過來了。

就算來這，也是會被她媽媽帶回去。我愛莫能助。。

教會的教友有不少是傳產業的吧。

你來找我有事嗎？

不管釀酒的，手作的，做蜜餞的……

啊！差點就忘了！

我正在架設銷售平台，

我把它定義為有溫度的產品的平台，所以想請大家響應。

雖然有些產品店裡已經有了，

但實體店面有地域的限制。

用九不像阿公那個年代，不再是人們購物的唯一地方。

的確是。

現在似乎比較是聚集大家的基地。

就算努力宣傳，慕名而來的人潮，也只是一時的。

在你還沒回來
接用九前，

現在用九打平
開銷後頂多只
有一些獲利。

架這個平台我也沒
把握會增加收益，
但總得試試。

那時候附近
已經開不少
超商。

你阿公在跟
我下棋時，
也是碎碎唸，

怎麼辦啊——
傷腦筋啊——
大家都去超商
買東西了。

是啊，不過
他會叫我打斷
他的煩惱。

柑仔店會死
很慘啊——

阿公總是老神
在在的，原來
也會煩惱。

哈！很像阿公會做的事。

然後當我在幫他剪斷煩惱時，我就被他將軍了。

他說，煩惱很像在吐絲，不剪斷就會把自己困住。

謝謝神父！那我去下一個地點。

你的有溫度理念我會全力幫你推廣。

俊龍，

……

我心裡有件事，不知道該不該問？

神父，你想問的是關於我跟昭君的事對嗎？

其實，我是一個很少會去煩惱明天的人。

也許是爸媽在我很小的時候就過世，阿公也有家柑仔店為生。對我來說，明天，只是另一個今天。

但是現在，我經常會半夜醒來，一開始我以為是換了枕頭睡不好。

後來我意識到失眠是在昭君回來之後開始。失眠原來是在煩惱。

我好像是在煩惱著明天。

翻來覆去

煩惱些我現在想不起來是什麼事，

可能是我希望，明天，未來的很多明天裡都會有她。

嗚！

我要訂一百份蔥油餅加蛋！

磅！

我那些配合的廠商、工人和企業主們跟我插賭！

他們賭我這輩子追不到鳳玉！如果我贏了，就一人請我一份蔥油餅加蛋！

嘖！我就值一百份蔥油餅加蛋……

一百份要吃多久啊——

喂！哥！我聽兩金說……

請幫我送到我公司。

什麼！連我哥也……

寶貝，妳對我而言是無價之寶。

再說，阿忠還賭三份。

我是要給他們吃的！要他們把當初嗆我的話配蔥油餅吞回去！

所以請幫我加很辣，超級辣。

哈！好的。

該走了，約了婚祕。

喔喔！

嗯！掰掰。

昭君姊，我們先走囉。

記得喔！加很辣。

鳳玉他們下午來找我。

他們看起來很幸福。

兩金一直在FB和IG放閃光照。

搞得我散光加重了。

最好是。

三樣菜夠了,今天只有我們兩個。

廟公跟勇伯不來吃嗎?

隔壁庄作醮,去吃辦桌了。

鳳玉有跟妳提當她伴娘的事嗎？

有，不過我還沒回覆她。

反正是明年的事，不急。

嗯。

不過兩金要成家了，我感覺怪怪的。

為什麼？

69

無法想像他定下來的樣子。

他總是跑來跑去,沒什麼定性。

無法很實在的想像家庭的輪廓。

我對於家庭生活沒有太多印象,都是片段的記憶。

不過,比他好不到哪去。我也沒

練習什麼?

都是可以練習的吧。

不過,

所有不熟悉的事。

人出生後似乎都是在練習，像是拿筷子這件事。

北上念書時，在火車上就跟自己說，要開始練習一個人。

一個人吃飯、看醫生、找打工，一個人做所有事。

我永遠記得有次感冒眩暈，我是趴著爬上樓。

那時我租的是六樓加蓋。

打開門那一刻，我感覺像征服了玉山。哈哈！

當我習慣一個人時，阿公倒下。

決定要回來接用九之前，我焦慮了很久。

71

第一次看見妳，妳給我的感覺也是這樣。

剛回來的那陣子，

生活上所有的感覺，像是裹著一層塑膠膜。接觸了，卻少了真實觸感。

是嗎？

嗯！當時有一種安心的感覺——

花了點時間，才把它拆掉。

那種「哇！遇到同一屬性的人了。」

我去拿就好，再幫我添一碗。

俊龍！兩瓶蔘茸一包蠶豆。

來囉！

老師你不是最詬病升學主義的補習文化嗎？

你知道圖書館要遷走的事吧。

當務之急就是找個新的地方。

否則原本那些已經習慣下課後來這裡的孩子，早晚又會散去。

再說你去了，他們必定大肆宣傳招生！

⋯⋯

不瞞你說，

我現在的收入實在無力負擔租金。

所以我⋯⋯

你看看俊龍多厚臉皮，拖一堆人下水辦活動。

老師你應該提出來，讓大家一起想辦法的。

不是，是電視……

什麼？

獨家

根據了解，這位姜恩沛，已經在該集團任職超過十年。

他主動接洽本台記者，爆出集團惡意拖欠工資的內幕，其中還包括疑似賄賂……

……我哩咧

他這麼做，
這輩子都別想再回業界了，
恐怕還會引起相關的連鎖效應。

前執行長爆集團惡意
拖欠工人薪資。

《獨家》

沒用的。

怎麼樣？
有連絡上
他嗎？

喀！

妳說沒用是
什麼意思！

他把手機留下，
SIM卡也折損，
他壓根兒不想讓
任何人找到他。

幹！

他到底在想什麼啊！

是啊，

你在想什麼呢？做得這麼偏激。

那神父你當初為何決定來台灣？

在想什麼呢？

我啊，

我是我們村裡最帥的，女孩絡繹不絕的來告白。

我受不了就跳下海，偷渡來台。

哈哈！這個版本是新的吧。

我還想了很多版本，想聽嗎？

下次吧。

對於你做的決定，我不曾下定論……

都是選擇。

一個再善的人，在某個角落也會有人厭惡。

做一件再善的事，仍會招來怨懟的聲音。

葉子這麼薄，也有兩面。

本來想正面拚博，但是對方太龐大又做了準備，憑我們幾隻螳螂，就算使盡全力也只會留下小刮傷。

而且又會讓同伴身陷險境。

乾脆讓自己成為癌細胞，從體制內去破壞。

以癌細胞來說，你是帥的。

你還是那個會偷沙士糖回來分給大家的恩沛。

神父，我又得離開了。

神父，

你不再像我小時候抬頭看著你時，那麼年輕了。

以後別再一個人爬上來修屋頂了。

你擔心自己吧，你這個失業青年。

想，就回來。

這裡是家。

就這麼決定了,

二樓就讓老師做基地吧。

那麼藍鑽經理，可以拜託你把資料建表格嗎？薪資二包米。

成交！

現在是怎樣？食物鏈的概念嗎！

腦公，交給你囉。

奇怪？怎麼剛好妳都是排休。

呃！那個……

哈！哈！真的好湊巧啊！

郵局局長是我大伯啊——

沒想到事情會這麼順利。

漫畫

88

背後可能有人願意讓步或是做出犧牲與妥協。

表面看到的「順利」，

我心裡真的很感謝，也懷著歉意。

我喜歡這裡的人，大家像是沒封膜的書。

總是提供他們所知所學，偶爾又會點醒我些什麼。

所以我更想為這裡做點什麼。

不只是考試，而是教給他們更重要的東西。

怎麼辦——好想擁抱他啊。

設室兩
計內金

兩金室內

好香喔。

頭仔,你
買什麼來
孝敬我們?

靠北!

兩金,我
送來了。

頭仔!外面
有美女找。

這是你們
賭輸的
蔥油餅!

第三話。

北風和太陽

走吧，走吧，否則會錯過了雲，雨還有月光。

這一天，北風去太陽家作客。

吃飽後，北風突然下戰帖。

太陽驚訝的說：「北風大俠，你要比賽什麼？」

就在這個時候，窗外經過一個人。

原來是蝙蝠馬車送修，走路上班的蝙蝠大俠！

哈哈哈！蝙蝠俠耶，會不會有金鋼狼！

哈，還有蝙蝠馬車！

哈哈！好好笑！

我之後還想改編些台灣的民間傳說。

貓叔很會嘛——還會跟台下觀眾互動。

戲台都快被小朋友吹走了。

好耶！真期待。

費用方面再看怎麼解決，總不能都免費公演。

不用謝，這樣我上二樓借書更近。

脫了！脫了！

脫什麼脫！

哎喲！

講話講清楚啦！跟你爸一樣！

你已經幫我解決圖書室了，真的很感謝。

這個部分我會找文化局申請看看。

最終還是太陽公公贏了。

如果是比賽把衣服穿起來，就換北風贏了。

就是嘛——

謝謝觀賞，稍後北風、太陽還有蝙蝠太俠會下去跟觀眾們見面。敬請期待！

昭君，

什麼？

聽說妳答應了。

真想看北風贏一次。它真的很努力，但都是輸……

當伴娘啊！

我起初以為妳會謝絕耶！

98

伴娘團有妳，我就安心了。我跟鳳玉都很粗線條。

之後有很多細節要拜託妳顧前顧後。

可是我沒當過伴娘，也不懂婚禮習俗⋯⋯

安啦——

好壞。

安啦！有婚祕在。我現在煩惱的是減肥。

廟公超過分！他說我這胎怎麼懷那麼久。

阿芬,

謝謝妳說我讓妳安心。

我和阿忠都很佩服妳。

生長在那種家庭的妳,並沒有個性扭曲或自暴自棄。

妳真令人生氣耶。

我拜託妳有點自信可以嗎?

妳的家人怎麼對妳,大家都看在眼裡。

100

如果我是妳，我一定會驕傲得天地不容。

我們認為妳是種子落在不幸的土壤，卻沒有長出不幸果實的楷模。

自力更生，煮飯好吃，身材又好，長得充滿異國風情。

而且⋯⋯

101

因為妳，俊龍弟弟變得更積極更有活力了。

幸好顏值頗高，否則會極度邊緣。

他以前總是依賴，優柔寡斷，沉悶又多愁善感。

或許用九的責任讓他必須打開心胸。

但是妳到用九之後，感覺他轉變得更多。

哈！哈！

我不清楚，可能人跟人在一起都會逐漸的變化。

只是自己不會察覺。

是妳讓他脫下披風呀——妳是他的太陽。

102

這可是身為多年人妻的心得。

真的很難，要遇到互相給熱量還要同頻率的人。

人妻妳又在開黃腔對嗎？

哈！饒了我們吧——

對啦！要不要加入？

國立到車站了，我去載他過來。

蝙蝠大俠交給妳。

戲偶裡還有他
掌心的溫度。

在還沒成為我們之前，
都只是彼此口中的別人。

無法估計之間的
距離有多遠。

他剛才順口說了
「我們」。

心裡的感覺像現在
我的手感受他掌心的溫度。

也是只帶著這件外套。

跟當年離開時一樣，

回去後又要跟一堆麻煩事周旋。

或許，我本身就是個麻煩。

否則生我的人明知把我丟在哪，卻連來找我的念頭都沒有。

真會找麻煩！

偏偏要上車前給我大便！

咿啞——

還敢頂嘴，腳別踢啦。

106

鈴——鈴——
鈴——鈴——

老婆妳先抱
孩子上車，
其他的我來拿。

行李很多耶，
你可以嗎？

喀！

太謝謝你
了。

跟叔叔
掰掰——

你也上車吧，
我把行李遞給你。

別再故意弄壞好嗎？

送你。這支手機花了我一個月薪水。

不能又弄壞喔。

坐過去！

按怎？我穿這樣有沒有很飄撇！先說好，媒體要拍的時候，我要站中間！

我們為了帶資料，差點趕不上這班車。

阿明哥這幾天很辛苦，挨家挨戶的去請人聯署跟錄影。

沒辦法，很多工人都很古意，都想息事寧人。

不過越息事寧人，就會讓惡人更軟土深掘。

我就一個一個去魯到他們簽名。

現在我們有更多證據了。

你們真的很煩，

不讓你們淌這渾水，還跳進來。

我得先警告你們，以後要面對很多黑暗面。

管它黑不黑，先吃飽再來煩惱。

你們怎麼知道我搭這一班？

對呀，先吃飯吧。

神父是我的臥底呀。

血壓偏低，你高血壓的藥先停個幾天。

按呢喔。那我幫你聽診一下。

可是這兩天會胸悶會喘。

最近溫差大，可能是呼吸道過敏。

下次你把藥袋帶來，我可以更準確判斷。

各位伯伯阿姨，我沒有電腦可以讀健保卡。

之後最好連診斷書都一起帶來。

還有，雖然說我會定期來，

但不能這樣就依靠我，如果身體真的不舒服，要立刻去醫院。

下一位，簡阿伯。

你真的是那個五育均爛，九年車尾王的孔固力啊！

孔國立啦！

我還記得你都在碗粿車睡午覺。

沒想到現在做醫生耶。

我不是在找商品嘛，就去找碗粿姨。

你是怎麼連絡上的？

碗粿姨已經很久不推著車叫賣了。

她說又不是老歹命，幹麼做那麼累。

所以，她拒絕我的提案。哈！

如果我有醫生兒子，我也不想那麼累啊。

離⋯⋯離職！你頭殼真的孔固力了嘛！

後來聊著就聊到國立，說他在台大當醫生。可是上個月離職了。

阿知，有點鈣化⋯⋯

突然回來成大任職，是有什麼緣故啊？

其實已經考慮一陣子……

去年幫一個老伯做手術，他說他兒子在澳洲當醫生。

但是從住院到出院，只有一個外傭陪著他。

我心裡就想，如果我媽也跟另一個醫生這麼說，萬一生病也是這樣在醫院……

做醫生在哪都一樣，我只想離她近一點。

我心裡一定會很愧疚。

反正……

我剛畢業時，會跟著學長姊去離島義診。

回來也好，台灣的醫療資源本來就分配不均。

跟當地人接觸後，真的百感交集。

像我們這裡雖然和醫院有點距離，但車程還不算太遠。

可是有些地方，就算有車也要好幾個小時。

一樣都是生活在島上，享有的資源卻像兩個世界。

的確很感慨。

是沒差啦。

沒關係，我們年輕的只好跑得勤一點，抓長補短。

俊龍！

俊龍！

以我多年跛腳的經驗，彼此互相扶持比較快。

去冀望政府跟走旋轉門一樣，不是轉到暈，就是又繞回來。

俊龍！昭君……

昭君在嗎？

呼呼！我沒有她的聯絡方式！呼！呼！

神父拜託——
再唸一遍就好。

白天不是看
布袋戲演過了？

拜託——
拜託——

北風與太陽

拜託你
啦——

好啦——
明天換你們唸
給我聽喔。

古早古早以前，有個旅人走在路上，

北風突然對太陽說：

「太陽，我們來比看看，誰的力量大。」

太陽說：「怎麼比呢？」

北風說……

填好了。

謝謝，病人在501。

我們來比賽，看誰
能讓那個人將身上
的披風脫掉就贏。

北風說：「我
先來。」

唰！

旅人打開了雙臂
擁抱著北風……

重要的是，
旅人有朝著她想去的地方
繼續前進。

第四話。

留槎

膨脹的冀望成了養分，房子長出了枝椏。

138

有兩支牙刷耶。

看不出來你們進度那麼快——

恬恬食三碗公。

你海巡喔，管那麼寬。出去啦！

喀！

牙刷，是颱風天在這過夜用的。

最近一次用，是阿公頭七那晚她留下陪我。

她會把牙刷刷毛朝上，

把毛巾的四個角拉齊。

只是兩個晚上，但我有注意到：

雖然只是兩個晚上，

我就染上了這些習慣。

142

呼！

要再一碗嗎？

吃飽了。

那你睡一下，我去裝水。

妳⋯⋯可以離開嗎？

妳在這，我很不自在。

⋯⋯我⋯⋯我不自在。

146

唔，妳有胃口囉。太好了。

阿姨，換藥囉。

咧！

怎麼妳女兒來一下就走了，趕著上班嗎？

昨天妳都沒吃，我問她您喜歡吃什麼。

原來是鹹粥呀，妳真幸福。

妳女兒知道妳愛吃什麼。

通常是爸媽記得小孩愛吃什麼……

148

噴

噴

噴

噴

阿姨記得吃飽後
要吃藥喔。

噴

噴

噴

廟公還沒回來啊？

會錢要拿約好要給他。

你也跟會喔。

我那個煮醬油的灶要多砌二座。

俊龍說網站很多人注文，一個灶應付不了訂單了。

這樣你跟阿雀做得來嗎？

※ 注文：閩南語，預訂、預約之意。

150

俊龍也是擔心我們做不來。

我也不知道他怎麼牽的，

他找到學校安排學生來實習。

這樣很好啊。

他說每年都會有學生來學。

他們這代年輕人很有心啊。

我覺得庄裡的老人比較有活力了。

真的！還好這裡有他們。

万勢！讓二位久等了！

以前去菜園就是巡一下，

阿芬還弄了小朋友農場，菜園變更好玩了。

在廟公苦勸下，勇伯才不情願地說出來……

勇伯一直沒辦離婚
即便三朵花在他中風後
陸續離開他。

但，可憐的背面有時
是可惡。

他清楚自己的脾氣
如何傷害妻小。

當一個人無法隨意
的操控身體時，會
更想控制別人吧。

不離婚是他最後的控制
不過也可能是有所期待。

他曾用分家產作為
贖罪的籌碼，

可是仍沒有人跨過門檻
來看他……

前幾天，
他大兒子打來說
母親已經過往。

不用再顧念她的感受。

他和二房、三房商量好，
要把土地賣給建設公司
換現金，就差勇伯的
那份地。

大兒子掛斷電話前丟了句：
你欠我們的！

如果血緣跟情感用
「欠」當度量……

那麼剖開表層的
關係後，
看見的是否只剩
「交易」……

506按鈴喔。

好，我過去看。

501

唔？

小姐！

傍晚的時候，
玉雲阿姨的先生
來幫她辦轉院。

我問她要不要通知妳
或告知轉去哪？

她沉默一會，
搖搖頭。

她託我把這個
便當交給妳。

那條手巾包的是
妳嬰兒時落下的肚臍結。

我聽老一輩說，把它留在身邊，
小孩會好養育，很聽話。

妳自由了。

之後，我們不再有關係。

不過夠了。

妳還的，夠抵我的恨了。

妳果真讓我予取予求。

對妳再惡劣，還是被我吃得死死的。

161

等等！
那個……

妳不用帶路，
我記得會議室
怎麼走。

幸福

呃！

小敏，
好久不見！

呃……

別驚訝，我是來
跟老董簡報建案
地質報告的。

俊……俊……俊龍！

嗨！感覺公司和大家都越來越好了。

俊龍，

怎麼樣？想通了，要歸隊了嗎？

哈！不是。我是來阻止進行中的收購案。

這是我對晏如那筆案子的補充資料。

請各位過目。

唔！

我相信晏如的專業絕對可以讓公司獲利。

不過我猜她遺漏些重要資訊。

運案規

你聽過建商為了開發案，長期在當地居住，以便深入了解的嗎？

我們花了好幾個月評估，怎麼可能會有遺漏！

你是因為業主是你認識的人吧！

而這個建案，我就住在那，你們沒有人比我更了解。

你看過以後，覺得哪裡不對，隨時可以吐槽。

別激動，我承認我確實有一點私心。可是，

呵！我倒想聽聽看。

董事長

俊龍，我給你五分鐘……

你不是公司的人，這不合規矩吧……

你要去前公司？

因為勇伯的事嗎？

是啊。想試試讓他們放棄。

妳去過勇伯舊家嗎？在後院的平房。

沒有，怎麼了？

小時候我跟阿忠都很怕他，可是又愛跑去他家鬧他。

院子超大，種了很多花和樹。我們幻想自己是探險家，要去尋找傳說中的『輪椅魔玉』！

我一直記得房子邊上有一個一個凸出來像階梯的磚。

我跟阿公說，勇伯家的樓梯好奇怪！

怎麼會蓋在外面？

阿公笑著說：憨孫，那不是樓梯。

那個是為了以後要把房子延伸蓋出去的樁。

那些凸出來的樁仍在……

勇伯嘴硬不承認。可是，心裡一直在等吧。

他在等——或許有一天，妻小會原諒他……

他們會再回來。
一家子再團聚。

或許他知道
我幫他後，

一定會吼我，
幹！少管我的
家務事！

只要想到，就會
再姦搞我一遍。

不過……

我一定要
幫他。

第五話。

一天，又一天

說早安，說再見，說晚安，
喜怒哀樂的共鳴呼嚕咕嚕，像電鍋的蒸氣。

俊龍哥，那就約下週一拍婚紗喔。

我們先閃囉，大家掰掰！

我公告都寫好了，整間店都給你們用！

用九公告

下周一本店因兩金鳳玉拍婚紗不做生意，但是歡迎觀禮。

我傍晚再過來。

嗯！慢走。

碗筷就麻煩值日生囉。

掰啦——

182

俊龍，樓上交給
我，這裡麻煩你。

沒問題。

很厲害耶！

噗！

你是怎麼
辦到的？
說服建設
公司放棄。

勇伯家的地，
古早是湖水
湳仔地。老一輩的
都知道。

就像修鞋子的，
大多是製鞋的
師傅。

我做過這行，
當然清楚他們
會顧忌什麼。

如果要講解到
讓妳懂，今年
就過去了。

183

而且我把資訊貼給同業的群組，很快就會散播出去。

我前公司不碰，別家也會顧慮。

天壽，他心機這麼重啊。

就是說咩，用清純的糖衣包裹著內在的城府。

而且是金色的，所以叫金城府。

噗哈哈哈！

噗哈！很難笑耶……

喂！我都聽到了。

不過，勇伯的大兒子應該不會輕易放棄。

所以我建議勇伯這麼做……

184

噫噫噫噫！
毋通啦！

為何要把土地轉給我！

我又沒做什麼……

我要給你，你不能不收！

我覺得合情合理。吉誠叔回來後就住在勇伯家。

收下吧。這樣阿勇也不用再被情緒勒索。

因為外傭都怕到不敢來，所以他的起居都是你在照顧啊。

別激怒他啊——

※ 啥潲：一種較粗俗的閩南語說法，表達「無聊、無用之事」。

勇伯……

謝啥潲啦。

謝謝。

吉誠叔如果覺得壓力大，我可以分擔地產喲——

……我先緩一下，我現在還飄。

上次的遊覽車小姐說要去廣安宮交流。

阿勇一起去走走啊。

阿芬，走了！水昆嬸在等了！

186

Taiwan Style 59

用九柑仔店 ⑤成為相互照耀的暖陽

Yong-Jiu Grocery Store vol.5

作　　者 / 阮光民

編輯製作 / 台灣館
總 編 輯 / 黃靜宜
主　　編 / 張詩薇
美術設計 / 丘銳致
行銷企劃 / 叢昌瑜、沈嘉悅

發 行 人 / 王榮文
出版發行 / 遠流出版事業股份有限公司
地址：104005 台北市中山北路一段 11 號 13 樓
電話：（02）2571-0297
傳真：（02）2571-0197
郵政劃撥：0189456-1
著作權顧問 / 蕭雄淋律師
輸出印刷 / 中原造像股份有限公司
□ 2019 年 8 月 1 日　初版一刷
□ 2024 年 7 月 20 日　初版五刷
定價 240 元

YL 遠流博識網 http://www.ylib.com E-mail: ylib@ylib.com　　贊助單位：文化部 MINISTRY OF CULTURE